滋野さち句集

オオバコの花

東奥日報社

目次

川柳のしっぽから

（二〇〇三年～二〇〇五年）

一〇二句

川　流れる意味を探している

米を研ぐ昨日も今日も模範囚

うずくのは生きようとする尾てい骨

青梅ガリリ母のカルテの共犯者

吸い飲みのはりりと軽い地平線

母の背の隠し包丁らしき傷

母さんの骨カサッと鳴る　まだ熱い
遺言もないまっとうな母の空
きつく抱いても母の骨壷

海までは泣かぬと決めた流し雛

ウルシ真っ赤に爆ぜている悔いている

落人の家系どこまで不服従

後ずさると母のこはぜが咬んでくる

生き方を問う日責める日蝉しぐれ

いくつ数えて魂を売る柿の花

糸底ざらりご飯はうまく炊けました
隠してるモグラたたきのうまい右手
かごめかごめ鬼はつむった目の中に

十本の指を何回生きるのか
筋を通す　芋のしっぽのまずいこと
うろこ百枚剥ぐ人間になりたくて

地吹雪の眼の中を行く父の馬

風がすわる家族写真の椅子ひとつ

木いちごのばかやろ父の忌に熟れる

首吊りと書く欄のない申告書

迷彩服に聞かせるリリーマルレーン

起立せぬ耳君が代が踏んでいく

艶のないぬれ縁がある父の軒
逃げ込めば母の野良着のいのこずち
父も母もじゅげむじゅげむと遠くなる

乳飲み児の記憶ずしりとおおでまり

憎んでも転げてしまうにぎり飯

トンビ高いなあ　助走ばかりで雪になる

母の秘密茶筒の底のひとつまみ

箸立てをどかすと母の文机

麦こがしふっとこぼしたひざのこと

母の日にすこうし苦い夏ミカン

妹は母に似ている納豆汁

吐く糸が透き通るまで母の歌

六根清浄　晒せば雪に戻れるか

足裏を見せるなと遺言書いておく

埋み火や樺美智子の首の骨

相討ちの顔で朝飯食っている

やどかりの足チロチロと姑が病む

椢の木のためらい傷よ子が二人

さっき来た道だ泣き虫の犬がいる
たてがみを揺らして海が問うて来る
開脚前転つんのめっても手はあげる

月の夜きっと抱き合う指ぎつね
これが踏み絵かふたりしずかが咲いている
杉はドーンと倒れ私のものになる

乳房からみしりみしりと母になる

まだあると信じる夫のきびだんご

どんぐりをいくつ産んだら太い樹に

てのひらにあなたが割った生卵
妻の顔するとしょっぱい朝になる
問い詰めた靴を磨いて置きます

前足になりたがるからけつまづく

波はまた来るひざの角度を確かめる

敵前逃亡するかも知れぬ足の裏

納豆の箸で私を指さないで
雪うさぎ春は独りで子を産まん
ままごとのゴザだけ残る死もありぬ

雪が降るかかとの母が痛みだす
はうちわを天狗にもらう更年期
母を語るとオカリナの音になる

飯食うためにまだぶらさげている両手

前向きの風の後ろはきな臭い

無傷の雲を探しに行った竹トンボ

親不知子不知　靴は脱げたがる
若い日の眉は迷子であの街に
赤くなければさびしくないポスト

悪妻の赤とうがらし非戦論

強制労働の鉄橋黒く未完成

りんご切る　うさぎの耳を尖らせる

瞽女唄の雪崩れる村に父母の墓

残月や母のつららの太きこと

桜咲く浮かれてるのが母の墓

おんぶバッタの老老介護豆の花
夫のうろこを数え終わったなら死ねる
さびしいドアは風がなくても閉まります

金もらう時のピエロの赤い口
最敬礼するとベロが出てしまう
縦に並ぶとやましいことがやりやすい

ちびてから捨てる　母の色鉛筆
父の子なのにやせた力こぶだ
シーソーの落差で母の子に戻る

信じると裏切る　少し似ている

鼻が前を向くから蟹にはなれぬ

寅さんのカバンをもらう心療内科

ソウシカイメイ　ヨン様のえくぼ
村の歴史にアザミカンゾウ土一揆
前ならえしていけない方を向いてしまう

所在不明と書かれて戻る春の雪

遠くてとおい冬田に父の雪眼鏡

日照り雨　しらを切ってもいいのです

眼を閉じる私の水が揺れないように

よく踏まれるので影がなくなった

桃の種依怙地なことが多すぎる

雪わたり男がぬかるところまで
妻としてリングネームを持っている
老老の抱き合い心中もいいね

泡立ち草

（二〇〇六年〜二〇〇八年）

六六句

暗箱をのぞくと靖国はびしょぬれ
雨だれの音が揃うと共謀罪
親知らず抜くと国家が生えてくる

あばずれと呼ばれちゃったよ葉鶏頭

私が泣いた道だけ消えている略図

一本の棒も持たずに来た岬

妹はしくしく泣けるいのこずち
大技の一つは君を生んだこと
おしゃかさま団子が丸くなりません

夫の交戦権第一条で放棄せよ

音立てず冬木も骨も燃えるべし

下弦上弦死にたいところから欠ける

かかとから崩れる道を急いでいる

缶詰を開けてはのぞくあの世かな

書くことは疎まれることと蛇いちご

消え残るのが真実と限らない

国歌斉唱　金魚は長い糞たれて

交番が近くてなんとなく怖い

血脈をたどれば人でないような
座布団は辞退すべきか芋ようかん
雑貨屋の壁に貼られているイエス

シャツ白く扶養家族として洗う
主婦なんてよもぎダンゴのコーロコロ
滴ってしまう哀しい棒である

戦争は卵胎生ときどきアルビノ
総書記の背中のチャックずり下がる
玉砂利もトイレも日本式である

背びらきが好きなら覚悟決めますが
乗客は私一人の月のバス
緞帳がストンと落ちるまで　もたん

尊厳死希望　逆上がり練習中
妥協した月だね少しこぼれてる
父さんを買いに小さなナベ持って

団塊のブリキの兵にネジがない
団塊の一分として起立せず
のらくろは戦死したって犬である

難攻不落　桜吹雪も徘徊も
内緒だが四六のガマと住んでいる
泣いてしまえば一人芝居になる椅子だ

母はまだ雨降るインカ帝国です
母のベッドにかじり残した月がある
熟れることと重くなることと耐えること

晩年と呼ばれる海に来たかしら
ピエロ六十歳　胸の泡立ち草猛る
紅を塗る　口が耳まで裂けぬよう

兵役があった時代のいぼがえる
ペットです軍用犬に向きません
二番目に刻むとネギくさい祖国

先に死ぬ話でこける蜻蛉玉

黒百合や加齢黄斑変性症

ハンセン病棟地下一階の水中花

六十歳の胴体着陸少し火花
がらんどうに餌をやったり水をやったり
夫の標本どこ触っても濡れている

裸木の寒さ極まる義母のベッド

ざぶとんのくぼみに九三歳の水

限界集落のはずれイチイの古木枯れる

特養に忘れて行った猫の鈴
母も生家もほわほわ燃えるかんなくず
フキの中空なんまんだぶが満ちてくる

少年の空にひっかき傷がある

昆虫図鑑に枯れ葉を置いていった父

ドクダミは清しく咲いて人ぎらい

縄文の門外不出のヘソである

メビウスの輪のどこまでが夜だろう

夕焼けの砂を集めた父の城

じゅげむじゅげむ

（二〇〇九年～二〇一〇年）

七五句

あんたがたどこさと迷い込む枯野

老人病棟ひとつコロンと粉ふきいも

悪態をつくばあさんにあこがれる

アリンコに言い負けて来た根性なし
うだうだと立ち上がれないヘソである
洗っても洗っても生臭い明日

姥捨ての罪を共有するすもも
いのこずち連れて一人の葬列に
おぼろ夜をジュゲムジュゲムと立ちつくす

衛星に総書記の席猫の席

合掌土偶児を生す形叫ぶ形

栗咲いて限界集落獣めく

寡婦として母まっすぐに焼かれたり

骨上げと呼ぶまでかじる塩せんべい

母さんが透き通ってく七回忌

気持ちよく燃えた骨だと言われたい
お経ほど長くは生きていられない
孤独死の蟻の名前を知っています

廃屋の軒に十戒垂れている
賞罰がなくてシロツメクサがある
自分史が有害図書の棚にある

夏が来る紫電改イチ乗員イチ
でくのぼうのまま寄り切られる八月
蛸なので直立不動を拒否します

取扱注意母が割れものになった

父だろうか窓突っ切ってオニヤンマ

妻というワゴムで束ねきれぬもの

泣くもんか雲の切れ間の尊厳死
発芽するかも知れぬ砂の家
徘徊のコースとしての散歩道

ヒルミミズちちははタガメゲンゴロウ
六十になると微妙な月の距離
愛なんてはるか昔のねこだまし

不健全図書と呼ばれて帰るなり

Y字路に国の品格まむし草

本当に弾むか投げてみる祖国

嗤われたり撫でられたりする馬の骨
雨だれが止まない母の軒である
あの時のもしもを抱いている化石

アフガンの子に取り分ける雛あられ

草刈るやメコンデルタに枯葉剤

屈葬に折りたたまれて行く祖国

糸を吐くうちはカイコの白無限
言い勝って無様な月を抱いている
一面のチガヤ　長女は意地っ張り

火葬場はみぞれ　忘れ傘二本
押し入れに母がいるかとのぞいたり
うず高くこの世に積んでいく木くず

北に住む雪のマグマを抱いている
母さんは無敵のゼロを持っている
狂犬病だろうか咬みついてしまった

少年の地図から消える宝島
原発も基地も見て来た山ざくら
祖国って角ばっていていいづらい

立ち葵母のホクロを知らないか

小石を産んで悔いなかったか母よ

スカンポを噛む　つくづくと親不孝

せんべいが椅子取りゲームからこける
たましいがコロコロちょうどいい傾斜
大根はいちょう切り密約はさいの目に

たましいが離れるまでの夏みかん

母乳感染母のざくろは赤々と

ちちははに逢える気がする菊なます

散るものはないけど幹を震わせる
負の臭いこぼさぬようにゆっくり歩く
もうなにも産んではくれぬ始発駅

「痛恨」というとヘラヘラする歴史
生乾きジーンズで行く投票所
ボロボロの傘と辺野古を取り換える

私からあふれる数珠つなぎの水
出たホイのホイと楽しい老人に
もう一人児を産めそうな春の駅

ブランコは立ち漕ぎ独りの血を揺する

武具馬具武具馬具舌は抜かれたままである

墓石の裏の濡れている一族

大気は澄んで

（二〇一一年～二〇一三年）

五四句

雪無音　土偶は乳房尖らせて

容赦なく栗は匂って死者生者

炉のとびら閉めると遠い発車ベル

あの人は良妻賢母生キャベツ
後出しじゃんけんアア善人になれません
闘魚にも頭痛肩こり劣性遺伝

合鍵を下さい母に記憶があるうちに
紙びなの眉は細くて母の遺影
モナリザの前でうなずくおばあさん

三月が吊るされているノッポの木
カナカナが来る木は無事だったよ父さん
母さんもつなぎトンボを見ていたね

それ以上覗きこんだらかじるわよ
殿中でござると子らに止められる
犯人は制御棒かデクノボーか

セシウムは無味無臭　スカシッペより寡黙

十万の餓死のニュースや雛あられ

跳び箱の上の手の位置尻の位置

母だった記憶が欠けて行く夕陽
ふるさとへそっと差し出す下足札
あらたまの得体の知れぬ突起物

青梅が落ちた　原発再稼働

羽化してもいいか　大気は澄んでるか

お手上げの形で降りるオスプレイ

玉音から始まるカンナの耳鳴り
国歌斉唱いっこく堂を並ばせる
前衛と呼ばれたままの玉すだれ

ソイヤソイヤと神輿を揺らす春の墓地

どこからを戦前と呼ぶ紙風船

ラッピングされた少年たちの空

ラ・フランスあっという間の政党崩壊

敗残兵だったと気づく除夜の鐘

実を拾うたびに見上げる幹の傷

母として渡しそびれたビワの種

明け渡す日まで魚焼く台所

慰安婦へ男の論理ズルッと回帰

口パクの愛国心でいいですか
原子炉の君も私も射程距離
介護って握りこぶしねハルジオン

風の庭突っ切っていく死者生者

オオバコの花の真下を墓とする

原子炉の底でピロピロ鳴くヒバリ

セシウム残留どこから発芽するか　春

ステルスが来るってよゲンパツ飛び越えて

サービスは切り売りします介護保険

着地するたび夢精するオスプレイ
鉢巻をするとテロリストと呼ばれます
タオル一枚で隠せたころの花しょうぶ

とりあえずいちじくの葉を差し上げる
産卵を終えて消えゆく水すまし
雪深しいじめで死んだ子の日記

枡酒があふれて雪は本降りに
まどふさぐふぶきのあさもやくたまご
ピーマンのメルトダウンは無限責任

地球は青いか

（二〇一四年）

四八句

雨にじむ介護日誌の三行目
編む時間ほつれる時間今日も歩く
青菜喰うチョウチョになれるかも知れぬ

インチキなアザミを咲かす大気汚染
埋め立ててジュゴンの沖を売る話
言いわけせずに交戦権と明記せよ

汚染水タンクの底のテレビ会議
解釈を変えたらカナムグラ繁茂
泳げないので回天に乗れませんボク

草取りの軍手に玉音放送かな

回天のスクリューー音がするような

十年日記白紙に戻るまで悔いる

コンビニの棚に老人と栗のイガ
行く朝は降車ボタンを押すように
蒙古斑消えたか確かめようがない

狐の木の葉アベノミクスのお札
書架の裏アンネもゲンも思春期に
再稼働するには風が濡れている

ステルスがパンツの中を嗅ぎに来る

戦争がある　貧困の紐の先

銃後なんてイヤ満々と天の川

セーターをほどく戦後の子だくさん
戦争あり父母は幸福駅通過
終点でニンニク一個降りました

団塊のグワッシュグワッシュと急く列車
すりこぎに母の手借りるよもぎもち
セーターのほつれに太陽をかがる

聖戦続くグラグラ揺れてくる奥歯

怒張していく日本の主戦論

脱皮して不沈空母になる祖国

殴られる前の自衛やみぞれ雪

日本軍と改名したい蟻の整列

猫に鈴　辺野古にねぶた囃子かな

まだ戦後メリヤス編みが続いている

年末解散船頭一人山に登る

働いて働いて無駄飯食いとなる老後

ばあちゃんの千人針と糸切り歯
人を焼く番号があるアウシュビッツ
ほおずきに灯火管制のまぼろし

雪ほろほろデイサービスのかりんとう

半生だ余生だと豆転がりぬ

一人だから寂しいのではないよ　雲

フクシマのひときわ熱いアブラゼミ
見殺しの子牛が母になる時間
フクシマからホッキョクグマへ続く海

まっさらな海に集団自衛権
傭兵もバイトもビラで募集中
炉心溶融地球は青いままですか

あとがき

中学・高校生時代は詩を読んだり書いたりしていたが、いつか仕事に追われ、子育てが始まり、書くことからすっかり離れてしまっていた。

アウガで川柳教室をやっていた岸柳さんに、夫が申し込んで来て、そこで初めて本当の川柳に出会った。

それまで、川柳とは狂歌のたぐいという認識しかなかった。

川柳が「生きるということを詠む」のだと聞いて、すっかりのめりこんでしまった。

岸柳さんがうまく書けた時に「お見事」と評してくれるのが励みだった。

「あせらないで、ゆっくり遠くまで」と何度も言われたが、書くことはいっぱいあったし、晩学のあせりもあった。

現代川柳の新しい書き方・考え方に触れて、自分の句が変わっていくことの面白さと、不安の両方が今もせめぎ合っている。

川柳を始めて二年半くらいの時、生意気にも句集を作ってもらった。

その「川柳のしっぽ」からの句も、今回入れさせていただいた。

川柳を始めたころの情熱と感受性を、取り戻したい。

そして「川柳を書くことと生きることが一体」になることを願っている。

平成二十七年五月

滋野さち

著者略歴

滋野さち（しげの　さち）

一九四七年三月新潟県橘村（現在の十日町市）生まれ。本名大塚幸。中学時代から詩作を始め、高校時代はニチボー組合文芸サークルで詩を発表。二〇〇三年、ふぉーらむ洋燈入会。二〇〇五年、おかじょうき川柳社会員。二〇〇五年、川柳句集「川柳のしっぽ」。二〇一〇年、川柳触光会員。

住所　〒〇三〇―〇九三四
　青森市戸崎宮井一四三―七
電話　〇一七―七三七―〇三九〇

東奥文芸叢書　川柳17

滋野さち句集　オオバコの花

発行　二〇一五（平成二十七）年五月十日

著者　滋野さち

発行者　塩越隆雄

発行所　株式会社　東奥日報社

〒030-0180　青森市第二問屋町3丁目1番89号

電話　017―739―1539（出版部）

印刷所　東奥印刷株式会社

ISBN－978－4－88561－192－6　C0092　￥1200E

東奥日報創刊125周年記念企画

東奥文芸叢書　川柳

高田寄生木　千島　鉄男
岡本かくら　岩崎眞里子
渋谷　伯龍　高瀬　霜石
野沢　省悟　工藤　青夏
む　さ　し　千田　和美
斉藤　劦　須郷　井蛙
佐藤　古拙　角田　古錐
笹田かなえ　福井　陽雪
滋野　さち　鳴海　賢治
斎藤あまね　内山　孤遊

（第一次配本20名、既刊は太字）

東奥文芸叢書刊行にあたって

青森県の短詩型文芸界は寺山修司、増田手古奈、成田千空をはじめ日本文学界をリードする数多くの優れた文人を輩出してきた。その流れを汲んで現代においても俳句の加藤憲曠、短歌の梅内美華子、福井緑、川柳の高田寄生木など全国レベルの作家が活躍し、その後を追うように、新進気鋭の作家が次々と現れている。

1888年（明治21年）に創刊した東奥日報社が125年の歴史の中で醸成してきた文化の土壌は、「サンデー東奥」（1929年刊）、「月刊東奥」（1939年刊）への投稿、寄稿、連載、続いて戦後まもなく開始した短歌・俳句・川柳の大会開催や「東奥歌壇」、「東奥俳壇」、「東奥柳壇」などを通じて、本州最北端という独特の風土を色濃くまとった個性豊かな文化を花開かせてきた。

二十一世紀に入り、社会情勢は大きく変貌した。景気低迷が長期化し、核家族化、高齢化がすすみ、さらには未曾有の災害を体験し、その復興も遅々として進まない状況にある。このように厳しい時代にあってこそ、人々が笑顔と元気を取り戻し、地域が再び蘇るためには「文化」の力が大きく寄与することは間違いない。

東奥日報社は、このたび創刊125周年事業として、青森県短詩型文芸の優れた作品を県内外に紹介し、文化遺産として後世に伝えるために、「東奥文芸叢書（短歌、俳句、川柳各30冊・全90冊）」を刊行することにした。「文化」の力は地域を豊かにし、世界へ通ずる。本県文芸のいっそうの興隆を願ってやまない。

平成二十六年一月

東奥日報社代表取締役社長　塩越　隆雄